句文集

朴の花

上野泰子

文學の森

句文集　朴の花＊目次

装丁　三宅政吉

句文集

朴の花

ほおのはな

春筍

初春の杜《もり》揺るがして竜舞へり
数の子のひしめく命噛みしむる

七草や二人に戻る静けさに

遊びめく七草粥を炊くことも

人の日やはや連発のミステーク

人日の風真つ直ぐに受けにけり

初蝶や石光らせて石大工

鍬入れて春筍の香を立たせけり

泥鰌つこに鮒つこ水温みけり

不届きは黄砂の所為にしてをりぬ

鶴引くや点描となり明けの空

先達の鶴らし風を測りをり

引鶴に空果てしなし風岬

春キャベツ朝の俎板弾ませて

鳥ぐもり陶工独り薪を焚く

春の宵和尚はギター奏でをり

まどろみの仔馬伏しをり岬風

野薊や雨に濡れ立つ岬馬

ほろ酔ひの蒟蒻談義燕来る

跳んで跳んで夕日まみれや鮭五郎

瀧裏の春の飛沫を浴びにけり

甲冑の武士に出逢ふも梅見坂

蛤は無口蜆はさざめけり

繋がつてゐる安心や蝌蚪の紐

抽んでてすかんぽは風好むらし

梵天の一切は空揚雲雀

大声は氏よ育ちよ山笑ふ

無位無官後期高齢耕せる

春節や湯気ごと食ぶる肉饅頭

春節祭心底赫に染まりけり

全開の恋の孔雀と真向かへり

鯉跳ねて春光の渦広げけり

茎立や所狭しと子供靴

花曇鳥曇はた霾《つち》ぐもり

夕雀かしましき空黄砂降る

来し方の不義理の数や座禅草

蜂の巣や幾何も物理も忘れたる

進化論御玉杓子に足が出て

囀れる一樹もやがて暮れにけり

薔薇園の薔薇の門扉も芽吹きをり

大潮に触れむばかりや朝桜

紙風船撞けば昔の音がする

鎧ふもの重たく亀の鳴きにけり

おしなべて私的見解亀鳴けり

うかうかと生きて利休の忌なりけり

蜷の道何処にありても異邦人

特攻隊出撃の島朧なり

道をしへ

風を待つ一番乗りの鯉のぼり

降ろされて男の子鵜呑みや鯉幟

芍薬の玉解く香り部屋に満つ

蓮の花一会の刻《とき》を華やげり

赴任地へ子を攫《さら》ひけり青嵐

逆しまに覗いてゆきぬ夜の守宮

半眼に天水すする羽抜鶏

羽抜鶏風を摑みて走りけり

身の程の殼より出でず蝸牛

蝸牛己が歩める所まで

スタートの櫂輝けり競《けい》渡《と》船《せん》

勝名乗る銅鑼を打ち込み競渡船

髪洗ふ泡の角など立ててやり

亡き夫《つま》の礼服干さな夏燕

夜風にも鷺草翔けて眠らざる

玄海にたゆたふ月日浦島草

夏羽織口《く》伝《でん》のオラショ低く誦《ず》し
ががんぼの足の揺れゐる物思ひ

人は皆闇に融けゐて蛍狩

戻らねばならぬ吊橋青嵐

庭草と摘まれて紫蘇の香りけり

ド・ロ様の墓に色点《さ》す夏薊

瀧一条天下の時を刻みをり

夏雲や卑弥呼の国の物見台

帆船に膨るる港青葉風

帆船に絞るアングル風五月

裸子を捕へ丸ごと洗ひけり

水遊び存分にしておとなしき

旅立つや月下美人に留守委ね

颯爽と今日をあるべしサングラス

望遠鏡三光鳥を捉へけり

色良しと褒められてゐる青蛙

竜神の口より受くる苔清水
亀の子を誘ふ波の寄せて来し

ゐるはずの青鷺がゐる夕渚
文明も開化もよそに海月浮く

夏落葉人にはぐれてしまひけり

半《はん》夏《げ》生《しょう》捨てねばならぬものばかり

瓜食めば疎開の記憶よみがへる

父も一樹よガダルカナルの夏木立

艶《えん》なるも楚々たるものも七《しち》変《へん》化《げ》

水になり石になりゆく山椒魚

仏みな人間の相青嵐

死ぬといふ大事残れり朴の花

蝶よ花よと庭茂らせてしまひけり

玉虫の翡翠の夢に触れてゐし

押し並べてよしよしよしと蟬鳴けり

甚平翁よそゆきの顔忘れをり

ちぬ釣りの話に尾鰭付きにけり

水槽の鯵が見てゐる鯵フライ

犬は山男は海を見て涼む

河童絵図みな飄々と涼しかり

道をしへ道はどのみち藪の中

菊の酒

子の爪のやはらかきこと鳳仙花

秋冷の靴音ひびく石畳

大朱欒落ちたるままに異人館
月光の中しなやかに猫歩む

初蜩俄かに風のやはらげり

鵙の音の老木叩く異人館

無患子《むくろじ》に肩叩かるる医塾址

一人にはひとりの月の上りけり

木の実降る木の実細工を売る人に
鬼塀の鬼の貌にも木の実降る

身の丈のたつき大事や新生姜

足るを知る齢いつより花茗荷

蛤になる雀かも振り向けり

転生は雀もよろし竹の春

団栗は団栗の音立てにけり

秋の夢ビー玉遊びも貝独楽《べいごま》も

残る虫そは父ならむ母ならむ

挨拶はそこそこまづは新《あら》走《ばしり》

稲雀稲の按配見てをりぬ

雲仙　五句

秋一日《ひとひ》地獄の沙汰をうかがへり

雲仙の湯の香に醒めて酔芙蓉

ふり返る彼方も地獄秋の風

温泉《ゆ》の街に秋思こもごも石仏

赤蜻蛉群れて行人よろこばす

無い知恵を搾る檸檬をしぼりけり

芋虫の自若の貌をつまみけり

秋の航遊び心を先立てて
老松の臥《が》竜《りゅう》のさまや水の秋

愛八の浜節の艶紅葉茶屋

落鮎の影たうたうと月の川

それぞれの高さに遊ぶねこじやらし

高階の宙に旅寝や十三夜

秋冷の波逆巻けり壇ノ浦

酔狂の色極めたる烏瓜

唐寺に夕風満てり酔芙蓉

草の香を日の香を惜しみ穴まどひ

行く秋や人に慣れたる神の馬

月光の杜に奏づる稽古笛

冬瓜ののつぺらぼうに挑みけり

佇めば紅葉の山に水の声

鏡なす摩周湖に秋深みけり

待宵やふつふつ育つ麵麴の生地

長崎くんち　四句

祭へと靴軽く出づ秋風裡

太鼓山動き出したる秋祭

漢《おとこ》みな怒濤となれり祭船

雷鳴にくんち中日の龍《じゃ》猛る

蚯蚓鳴き身体髪膚あやしかり

パイポパイポ南蛮煙管咲きにけり

水の秋旅籠《はたご》といふに泊まりけり

余りたる命の遊《すさ》び菊の酒

冬鷗

藩邸址緋寒桜の十重二十重

青竹の触れ合へる音神迎

唐寺の魚板の吐息年つまる

蓮掘も付く白鷺も暮色中

朝の市餅屋は餅の匂ひ立て

魚市の蛸のふて寝や年の暮

蓑虫の風体にして冬籠る

枇杷の花訪ふ師はすでに在《いま》さぬに

西行も芭蕉も淡し着ぶくれて

着ぶくれて電車の席を譲り合ふ

白鳥に白鳥の刻《とき》流れをり
水鳥に穏やかな日の流れをり

繫ぐ手の無きは手袋はめにけり

忘るるといふ特技あり冬帽子

箱眼鏡頻になじませ海鼠突く

海鼠舟海鼠揺らして戻りけり

零といふ無限なるもの冬木立

金剛の光放てり冬三日月

煮凝りのくらりと我等戦中派

丹頂に会ひたきブーツ買ひにけり

湿原の風の賜ひし子連れ鶴

雪虫の幽《かそ》かにも会ふ阿寒岳

凍瀧にならじと水の迸る

山茶花の愛しめばなほ散りにけり

ほどほどの軽さとなりぬ干大根

鷹を待つ一眼レフに朝の月

街の灯を遙かに鷹の寝落つ山

親鷹に遅れじと子の羽搏けり

断崖に待つ子に獲物摑む鷹

鷹老いて遙けき海を見てゐたり

潮騒を聴く水鳥の一列に

置炬燵出して賑はふ指相撲

いつよりの風の軽さよ冬芒

鴨の夢浮かべし湖の星明り

よろこべば鶴舞ひ戻る干拓田
ながらへて強気弱気の懐手

小春日や寺のかたへに時雨塚

忘れゐし慚愧ふはりと木の葉髪

後髪豊かに引きて雪女

雪女去りにし後の雪しづり

みどり児の服選びをり雪女

天命をいまだ悟らず懐手

賓客は山下りて来し冬目白
まだ言葉知らぬ子に見す雪こんこ

戦争の無き国笹子来て鳴きぬ

海見むと乗りしが眠き暖房車

鴨を愛で鴨雑炊を愛でにけり

マスクして見ざる言はざる構へなり

虎落笛ひゆるひゆる猛る喧嘩坂

冬霧の深淵にあり信徒村

何もかも遠い日のこと冬鷗

長生きをして寒鯉を見てをりぬ

エッセイ

ある晴れた日に

この齢になってまだまだ仲間からお誘いを頂きあちこち散策できる幸せ、ひとえに俳句のお蔭と感謝している。先日は「外海」に連れていって頂いた。外海に向かう国道には青・白・赤の橋がある。これは、ド・ロ神父の出身地フランス・ヴォスロール村と姉妹都市提携を結んだ証のフランス国旗の色とのこと。

コバルトブルーに広がる海。空には純白の雲が軽やかに浮かんでいた。時折夏鶯の声も聞こえてくる。角力灘、その遥か水平線の彼方が五島灘だろう。基督教徒の深い苦難の歴史がこの穏やかな波の彼方に、巌を洗う優しい白波の奥に潜んでいることを今日は改めて学ばせてもらうつもりなのだが、楽しい仲間達と一緒のいささか浮かれ気分だったことも否めない。

ド・ロ様の眠る野道の共同墓地の傍らに一台の軽トラックが止まっていた。箱を降ろしている人がいたので、何だろう？　諸だったら季語として使えるかな、などという軽い気持で「何ですか」と一人が歩みよって尋ねた。

「骨です」

「え？」

「改葬するために掘り出した骨を洗って干します」

粛然となった。一瞬私には、小学生の頃疎開先の村で三十年程たった骨を掘り出して改葬する様子を見た記憶が甦ったが、あの骸は土色のまだったと記憶する。さすがに敬虔なクリスチャンのなさることは違うのかもと感服した。それにしても、人間は死んでからも大変だと改めて考えさせられる。

ツタンカーメンやピラミッドなど、三千年も昔から人は死後の復活や黄泉の世界を信じて、遺体を大切に祀ろうとした。ミイラの存在、その科学的技術など恐るべきものだと思う。ただしこれは王族か豪族にかぎられることであり、一般人は多分そのまま野ざらしで朽ち果てたに違いないのだが、今日なお人は、木の葉や他の生き物のように簡単に消え去ることを許されない生き物なのだ。不肖私めも、一介の人間であればいずれは遺骨の処理を誰かに依頼しなければならない身なのだ、と考えると重たい。

そこで極めて身勝手な希望を言わせてもらうと、直ちに灰にして海にでも撒いて貰いたいのだが、つまり死即無であって欲しいのだが、それも法律で認められないらしいとか、簡単なことではなさそうである。それに私とて先祖の霊を疎かには決してできないし、神仏には常に一族の加護をお願いしている。ならば私とて、無責任に消滅を望むわけにもいかないのかも知れない。まあ、死んでみなければ判らないことではある。

ローカル電車から垣間見る山峡には早苗田が青々と育っている。いちめん芝生を敷き詰めたゴルフ場のようだ。悟り澄ました仙人のような白鷺が畦をゆっくりと歩いている。

骨を洗い清めて埋葬された彼のクリスチャンの魂は、さぞ清々しく永遠の眠りについていることだろう。改葬を終えた人々の安心は言うまでもない。

俳句鑑賞——生き物の句——

雉の眸のかうかうとして売られけり　加藤楸邨『野哭』

何時の頃からか心に焼き付いて離れない句の一つ。銃弾を浴びて捕われ、意識の薄れゆく中で尚且つ誇り高くしっかり見開いている雉の眸に、殺生戒を犯して憚らない人間の傲慢を恥じる。なら、菜食主義で通すかと言われても否である。雉は口にした記憶はないが、鴨南蛮・鴨雑炊など大好物なのだから、どうしようもない。こんな人間を造り賜うた神の本意が摑めない。

鮟鱇の骨まで凍ててぶちきらる　加藤楸邨『起伏』

ここまでくると、むしろ開き直って、鮟鱇の諦観に安心する。鍋の季節には必ずこの句を口ずさみながら、鮟鱇の命を頂く。

吊るされし鮟鱇が見る天主堂　　中村やす子『花むしろ』

長崎ならではの鮟鱇がいた。一身を捧げて静かに天国を夢見ているのか？　中村やす子氏は明治四十三年生まれの、私ども長崎馬酔木句会の恩師である。現在も矍鑠として、燻し銀のような静かで美しい句を沢山詠んでみせてくださる（※平成十七年四月十七日に御逝去・享年九十五歳）。

澄める水哇へとりては羽づくろひ　　『後藤比奈夫七部集』
考へてをらない蝌蚪の頭かな
蟻のためにも極楽の欲しかりし

密かに楽しんでいたい句がぞくぞくと。心の中がいつの間にか温まってくる、私の精神安定剤的句集の一冊から、今回は生き物の句にこだわって三句選ばせて頂いた。

亡骸

「あっ！　蟬のなきがらだ」

と六歳の男の子が叫ぶ。

「亡骸じゃない。抜け殻よ」

と母。

「抜け殻って何？」

「そうね。空蟬とも言ってね……」

　男の子は大事そうに虫籠に抜け殻を抓んで入れた。彼にとっての初めての獲物であった。その後恐る恐る捕らえた飛蝗は、翌日虫籠の中で一匹脱皮していた。同じ抜け殻でもこれは空蟬とはまた違う。

「蛇や蟹もそうやって何回か脱皮して大きくなるのよ」

「ふ〜ん……」

それにしても「なきがら」などという言葉をいつ何処で覚えたんだろう？　新しい言葉をつぎつぎと吸収して見事に使いこなす幼児の頭脳に、今更ながら感心する。

虫が怖くて自分では摑めもしない子どもにも、どじな蟬が捕まって籠の中で弱っていく。砂糖水を与えてみたり、草を湿らせて入れてみたりしたが無理なので、逃がしてあげなさいといってもきかない。みかねて夜にこっそり庭に出してやったら、「可哀想なことをしないで」と怒る。「弱っていたのに、暗い外に一人ぼっちにして寂しいよ。蟻たちが来たらどうするの。どうせ蟬は一週間の命なんでしょう。家の中で守ってあげたほうがよかったのに」と嘆いた。生きているうちに逃がしてやらないのを薄情だと思ったのだが、彼には彼なりの思いがあったのだと知って安心した。

六歳児にとって「亡骸」や「死」はまだそれほど深刻なものでは無いのだろう。その日の出来事として風のように通り過ぎて行くものなのだろう。だが、後期高齢者ときっちり宣告されている我等にとっては人事ではない。今は昔の事になるが、夫の赴任で五島に暮らしていた頃、お

隣のご夫婦が、

「子どもは町で一緒に暮そうち、いうてくるるけんど、都会じゃ死ねば焼くでっしょうが。死んで焼かれとうはなかけん、行かんとですよ。ここで死ねば土葬ですけん」

と話されたことをふと思い出した。現在は五島も火葬になっているかもしれないが。蟬や飛蝗と違って人の「死」は後始末が大変だ。

墓を建てたら建てたで、墓守の問題が生じる。今は知らない人同士の永代供養墓苑も流行りだしたとか。成る程その方がよかったかなとも思う。死に支度。亡骸の始末まで自分たちで責任を取りたい親が増えているようだ。

一方では不可解なニュースが巷に溢れている。無差別殺人・子殺し・親殺し・虐待・高齢者の行方不明問題……。宇宙飛行まで出来る文明社会で、この歪みとどう向き合えばいいのだろう。なんだか考える事が深刻になってきたが、先日こんな面白い記事を朝日新聞（二〇一〇年六月二十九日）で読んだ。少し無断で抜粋させていただく。

> アブラムシの世界にも、孫を守るおばあちゃん？――
>
> 子を産み終えたアブラムシのメスが、テントウムシから子孫を守る「捨て身の行動」をとることを、東京大大学院博士課程3年の植松圭吾さんらが見つけた。実験では、テントウムシの幼虫の口にくっついて、子孫を食べないように邪魔していた。（中略）ヨシノミヤアブラムシの成虫が腹部から粘液をだして、アブラムシを食べるテントウムシに引っ付いて（中略）動きを邪魔し、巣への進入を防ごうとしていた。このような行動をとった個体を解剖して調べたところ、ほとんどが子を産み終えた「おばあちゃん」だった。云々

引用が長過ぎたかもしれないが、興味深く読ませてもらった。

蟷螂の雄は交尾の後、雌に頭から食べられてしまう運命にあると聞いた記憶もある。蜘蛛の母親は子供達に自分の肉体を最初の食べ物として提供するとか、昆虫の世界ではそんなことが本能として具わっているらしい。

比べて私なんぞにはアブラムシのおばあちゃんの真似も出来ないし、

蜘蛛の母にもなれない。いくら可愛いといっても、そこまで子や孫に尽くす勇気はない。「虫けらにも劣る親」なのだと気付く。落葉ですら地に朽ちては肥料にもなろうものを、人の亡骸は、普通焼却されて壺に納まるから地球への返礼もない。

ちなみに今日は八月十五日。終戦記念日である。私の父は四十一歳で招集され、ガダルカナルで戦死したことになっている。無論遺骨はない。「たとえ死んでも目を見開いてみんなをしっかり守っている」と言い残して発った父。ウ九〇ウ六三ウ一七四……暗号の地で父は今も眠っているのだろうか。空を仰いで何年父の帰りを待ったことか。

今や私の子供たちが父の齢を越え、貴方の命を戴いた孫が五人も健やかに育っている。有難いことだ。本当に父は目を見開いて、今も私たちを守ってくれているような気がしている。

六歳男児は今日も真っ黒に日焼けして、捕虫網と格闘している。

龍踊り

春節祭街金色と朱にまみれ

築城百々平

春燈の火も、上元の宵をもって一斉に消えた。旧暦の一月一日から十五日まで（今年は新暦二月九日から二十三日までの十五日間）を中国のお正月として、町を挙げての盛大なお祝いであった。

近頃はこれをランタン・フェスティバルと称して観光の目玉にしていて、中国の人にとってはいささかご迷惑かもしれないが、中華街にはそれこそ人波が押し寄せ溢れんばかりの盛況ぶりなのだから、これはこれでいいのかもしれない。

とにかく、長崎の祭りは国際色豊かである。切支丹・孔子・オランダ・ポルトガル・神道・仏教……年間を通して、各国の祭典が催される。

半分余所者の私は、それらを少し斜めから眺めて存分に楽しませて頂いている。

今年も、買い物ついでに紛れ込んだ中華街で大好きな龍踊りに出会った。時折、風花の舞う寒の最中であったが、我を忘れて追っかけをした。ただでさえ太鼓の音に弱いのに、あの龍踊りの太鼓・銅鑼・長喇叭の音響はたまらない。月の玉を見失って焦れる龍の声、血走った眼、とぐろを巻いて高く上げた尾……生きている。ひと舞終えて、鎌首を上げ背鰭をうねらせてビル街を渡り、待ち構えているホテルや大きなレストランに舞い込み、ロビーを睥睨して凄まじい雄叫びをあげ表に出てくる。私は自分が大人である事もすっかり忘れて、心の中で泣きじゃくりながら拍手喝采する。涙が溢れてくるのは世間体が悪くて困るのだが、他の人も目頭を押さえていたりするので、ほっとする。

こんな時ふと、宮沢賢治の童話「セロ弾きのゴーシュ」を思い出す。楽団のみんなに迷惑をかけないように、毎夜、不器用なゴーシュはセロの練習を続けるのだが、その轟音が森のリスや兎や鼠の子の病気を治していたという話。そしてゴーシュもまた、思いがけなくセロ弾きの名手になっていたのだ。

私にとっても、龍踊りなどの銅鑼や太鼓の音は五臓六腑に沁み込んで体中の血が洗われるようなのだ。早い話が、オーケストラなどで名曲を聴けば同じ効果を得るのであろうが、それはそれ、私はお祭りの龍の舞・龍の雄叫びにめっぽう弱い。

本来、長崎の龍踊りは秋のおくんちに見られるもので、春節祭ではもう一つの愛くるしい獅子舞が定番のようだが、町をあげてのお祭りなので参加しているのかもしれない。

春節を祝ぐ龍踊も繰り出して　築城百々平

世の中暗いニュースが相次ぐ中で、祭りの龍の尻尾に触れて浮かれているときでもない事は重々承知しているのだが、浅春のひと時、淡い幸せにときめいた。

中の茶屋

久し振りに丸山周辺を散策した。まずは丸山公園。龍馬の銅像がいわゆる彼の「三種の神器」といわれる懐中時計・ピストルにブーツ姿で、五月の風の中を今にも駆け出しそうだ。おそらくこの長崎での暮らしが、彼の人生の中で一番伸び伸びと過ごした愉快なひとときであったのであろう。花街を自在に闊歩して芸子衆の美しい三味の音に酔いしれながら、日本の大改造を夢みていたのだろう。料亭「花月」「青柳」もいまだ健在、吾等は緑風の表門をそそっと仰いで通過した。

本日のメインは観光用に復元された、坂の上の「中の茶屋」である。到達する前に名妓・愛八も所属していた検番所がある。径に面して軒下に赤提灯が揺れている。数えてみると十九個、その一つ一つに芸子さんの名前が書いてある。現在は十九人なのだろう。あいにく本日はお稽古日ではないらしく静まり返っていた。

右手の細い坂道を上ると「梅園身代り天満宮」がある。梅が実って仄かに香っていた。ここでも少し遊ばせて頂いて、いよいよ本番の「中の茶屋」までもうひと登り。

遊びにいくなら花月か中の茶屋
梅園裏門たたいて丸山ぶうらぶら
ぶらりぶらりと言うたもんだいちゅう

と、おそらく愛八の声と思われる歌声が静かに流されている。剪定された松が涼しげである。松には雄雌がないことを教えていただいた。男松とは黒松のこと、女松は赤松の異称と初めて学んだ。

黒松が威風堂々と初夏の風を捌いていた。庭園も手入れが行き届いている。筧を流れる水の音を聞きながら、茶室を覗いたりして江戸時代の風情に思いを馳せた。

室内は清水崑の展示館を兼ねていて、いきなり長い髪を靡かせて素裸で泳ぐ大河童に出会う。一、二階ともに膨大な河童シリーズのほか、政治漫画や似顔絵、一休さんもいた。

人間もこのように天真爛漫に生きていければどんなにいいだろうにと思った。ふと、園山俊二の「はじめ人間ギャートルズ」という原始人を描いた漫画など思い出したりしながら帰路についた。

最後に河童を羨みながらの拙い一句を記して、気ままな散策日記を終わらせていただこう。

河童絵図みな飄々と涼しかり　泰子

上野吉之介《きちのすけ》

メジロの集団が庭の金木犀に飛んで来て、一頻り騒いでいた。俳句の約束ではメジロは夏の季語になっているのだが、人里に下りて来るのは中秋から冬にかけてで、山茶花や椿の蜜を吸っては澄んだ声で囀るのである。山を切り開いた造成地に住んでいるので、毎年鶯・メジロは放し飼いの気分になり、小鳥たちも慣れたもので少々近づいても逃げないので、「やあ、こんにちは」と目配せなどしてしばらく眺めていたりする。

前置きが長くなったが、今年もまたその季節が廻ってきて、小さな庭が小鳥のサロンになっている。呆けて見とれていたら、ぽとりと目の前に雛が落ちて来た。近寄ると慌てて飛び立つが、一メートルも飛べない。無我夢中で捕まえて有り合わせの籠に入れて、バスに乗り小鳥屋に急いだ。兎に角籠と餌が要る。

メジロの集団にいたのだからメジロだと思うのだが、目の周りが白くないのが問題なのだ。

「メジロの雛は五月ですよ。もしかして鶯かなあ?」

「メジロじゃろ」

「そいばってん、目ん周りは白うなかね」

店主と客の二、三人、大の男たちが真剣に小さな雛を見詰めあって、みんな動物好きの道楽者なのだ。中でも私が一番はしゃいで、

「どっちでしょうね。飛べるようになるまで育ててみますよ」

メジロ籠、練り餌、虫一パック合計一八九〇円也。バスの中でチイチイ鳴くので、運転手さんに見つかってしまった。

「ラジオやろうかち思いよった」

「鳥の雛なんですよ」

と降り際に見せると、

「そいは、メジロですたい。メジロは一羽は飼うてんよかとですよ。そんくらいから育てれば手乗りになって可愛いかですよ」

今日で丁度一週間になる。一日に風切羽と尾羽が二ミリくらいずつ伸

びて、部屋の中をだいぶ飛べるようになった。二、三日はつがいのメジロらしいのが窓の近くに来て盛んに鳴いていたが、もう諦めたのか来ないようだ。

「チチチチ」が「キチ」になり、揚句「吉之介」と命名することになり、今ではすっかり馴れて我が家の一員に成り済ましている。「歌舞伎役者の名前みたいね」と娘が笑った。

猫一、目高七、亀二、ハムスター一、人間大人四、子供二の賑やかな家族である。「只今！　吉之介は……」と、小学校四年坊主はランドセルを下ろすなり雛に虫や練り餌を与え、しばらく部屋の中を飛ばして遊ぶなどして二階の母親のもとに御帰還となる。来週に旅行を控えて私は、それまでに雛が巣立ってくれることを祈っているのだが、思い通りになるのかどうか判らない。

どうしてこんな馬鹿げたことをしてしまうのか判らない。ある時は猫の小母ちゃんになり、ある時は鳥の小母ちゃんと呼ばれて、燕の子を育てたり、嘴の折れた鳴を保護したりして、気が付くと古希目前の年齢になっている。

こんな人生で良かったのだろうか。何をして来たのだろう？　鶉を初めとして沢山の小さな生き物と触れあって来たことは確かである。人間も三人は育てあげたような、但し彼らは「育ってあげたんだよ」と宣うのだが。孫と申す者も現在三人半（来年誕生予定も入れて）存在している。そういう意味では、私もちゃんと人間の義務も果たしたのだと胸を張れるのかもしれない。だが、しかしそれだけでは、小鳥や猫たちとどれほどの違いがあるのだろう。

目の周りが未だに白くならない鳥の雛は、私を見ると嬉しそうに羽を震わせて鳴く。餌を与え過ぎて肥満体になって飛べなくなったらどうしよう。野生に返してもこの子は人を慕うかも知れない。猫を恐れないかも知れない。あのまま放っておいたら……私は猫か鴉か蛇のまたと無い貴重な食料を奪ったのかも知れない。それが自然の摂理というもので、甘っちょろい義侠心など本当は御法度なのだ。――災難に遭う時は遭うが宜しく候。死ぬ時は死ぬが宜しく候――良寛和尚の言葉がふと脳裏をかすめる。仮にこれが小鳥ではなく蟬であったなら、それとも芋虫か何かであれば助けたいと思うであろうか。花を愛でれば虫を憎み……考えると、私の動物愛護心もいいかげんなものである。

吉之介よ。なんの因果で私に拾われた？　明日はまた風切羽が二ミリ程と、尾羽が二ミリ程伸びているに違いない。もし万が一お前が鶯であれば、手乗り鶯なんて凄いね。私はお前を一生籠の中に閉じ込めて、その美しい声を独り占めにするのだろうか。お前は私を慕い、私はお前をこよなく愛し続けるであろう。だがそれは私の本意ではない。メジロも鶯も、自分の意志で好きな所で囀ればいいのだ。

鎖に繋がれている犬、動物園の熊や象を見るのは辛い。だのに私は、お前を籠の鳥にしてしまうのだろうか。今更、逃がしてあげれば、野性を失ったお前はたちどころに他の動物の餌食になるに違いない……この責任はどう取ればいいのだろう。

目高も大きくなってきた。「太り過ぎて鯔にならないでね」とからかう輩もいる。何とでも仰しゃい。所詮は成るようにしか成らないのだ。

吉之介がお腹をすかせて鳴いている。

転生は雀もよろし竹の春　　泰子

夢

長年行方の判らなかった夫に会うために、僻地の離れ島に向かっていた。

懐かしさと同時に、突然この世に独りぼっちで放り出されていた事への怨みつらみで、胸が張り裂けそうだった。たとえどんな理由があろうとも、絶対に許さない。是が非でも一緒に帰ってもらおうと意気込んでいた。

手前の島で一晩見知らぬ女の人の家に泊めてもらって、翌朝更に遥かな離れ島に渡るという。「大変だから止めませんか」と云われたが、諦める気はさらさらなかった。

そこは外国の未開発地のようであった。何人かの若い日本人がいた。ボランティア活動に励んでいる人達だと判った。

やがて颯爽とにこやかに現れた夫は見違えるような精悍な感じ、赤銅色に日焼けした顔は若々しく輝いていて仕事への情熱に溢れていた。ああ、この人はここで、日本では味わえない生きがいを見出したのだと強く感じた。

もういいと思った。この幸せをもぎ取る資格は私には無いと悟った。ただひとつ、これだけは頼んでおかねばと思った。私の手許にいるまだ幼い男の子を、将来私の寿命が尽きた時には、きっと貴方が引き取ってその生涯を見守って欲しい。それさえ約束してもらえたら、何も思い煩うことは無いと思った。

目が覚めた。孤独な老軀が横たわっていた。涙が溢れ落ちた。しばらくして起き上がり窓を開けると、夜明けの爽やかな風に包まれた。星が一つ輝いていた。深呼吸をしてふり返る壁には、見慣れた遺影が静かに微笑んでいた。

鶴

丹頂に会ひたきブーツ買ひにけり

大草原に舞う丹頂鶴に出合うことを何年も夢みていたのだが、ついにその機会を得た。俳句の鍛錬会が北海道で行なわれることになったのだ。好奇心の塊四人が勇を鼓して津軽海峡を飛び越えた。憧れの摩周湖や阿寒湖にも胸をときめかせながら、二台の大型バスに分乗して鶴の里へ向かう旅。当日は小春日和で「霧の摩周湖」ならぬ真っ青な湖が眼前に広がっていた。「こんなことは珍しいことで、晴れ渡った摩周湖に出合うと恋が実ると言われているんですよ」と地元の人が囁いてくれた。さしずめ今の我々は、丹頂鶴にひたすら逢いたい。

雪虫の幽《かそ》かにも会ふ阿寒岳

佇めば紅葉の山に水の声
鏡なす摩周湖に秋深みけり

途中、紅葉の山峡にきらきら輝く滝に歓声をあげる。「いた！」と誰かが叫んだ方角、山と湿原の狭間には親子鶴がゆったりと歩いていた。私達があまり躁ぐので、親鶴が薄茶色の子鶴をそっと囲むようにして山の中に隠すしぐさも可愛かった。

湿原の風の賜ひし子連れ鶴

本当にふっと願いが叶って北の大地を踏みしめ、丹頂鶴に逢えるなんて夢のようで、思わず神に感謝した。

先達の鶴らし風を測りをり
引鶴に空果てしなし風岬

野鳥図鑑によると、日本の「丹頂」は北海道東部のみに住む留鳥だが、まれに冬鳥として本州以南への飛来がある。繁殖期には十勝から根室や釧路の湿原につがいで分散、国後島などに渡るものもあるらしい。湿原の草むらで営巣。つがいの縄張りは二〜七平方キロメートルにも及ぶ。家族で行動することが多いとのこと。

ナイス・シュート

小鳥でなくとも囀りたくなるような爽やかな五月の朝であった。特に急ぐでもなく駅へ向かっていた。途中道路を隔てた向こう側に、まさに採れたての水蜜桃のように初々しい少女らが四、五人バレーボールで遊んでいた。多分、休日だったのだろう。

と、その時「危ない！　今出たら駄目よ！」と叫ぶ婦人の声。見ると大型のトラックが迫って来ている。その先をボールが大きく弧を描いて、私の足許に飛んで来た。右足が勝手に動いてキック。ボールは再び方向を変えて、向い側に両腕を広げていた少女の胸の中にすっぽり納まった。ナイス・シュート。走り過ぎて行くトラック。「ありがとうございました」と彼女らが一斉に頭をさげた。礼儀正しい。なんて可愛らしい少女たち。私は大満足で会釈を返し、道を急いだ。

次の瞬間背後から「すっげえ！　あのおばさん！」という感嘆の声と爆笑。そのイメージとのミスマッチに、私も心の中で大笑いした。このまま忘れてしまうのは勿体ないほど可笑しかった。

ある日友人にこの出来事を話すと「あら。よかったじゃない。おばあさんと言われなくて」とさらりと言ってのけた。成程と納得して、重ね重ね愉快な思い出として未だに心に残っている。

確かに「すっげぇ」とか「飯食おうか」などという言葉が少女の口から飛び出してくる昨今である。スカートを広げて列車の通路に座り込む子や、人前で化粧をはじめ、そのあとは携帯電話のメール交換に没頭して大人の目など全く気にしない。大胆不敵。そのくせ、天性の初々しさ、可愛らしさは昔と変わることのない大和撫子たちなのだ。

決して人に迎合することなく、平和な世の中で伸び伸びと己を主張して生きている。既成概念なんて「古ぅい」で片付けられてしまう。危なっかしい反面実に羨ましい存在だ。素直でいささか傲慢な彼らを我らは遠くから眺めて、ひそかに応援してゆくほかはないのだろう。

それにしても世の中の急変ぶりはすさまじい。ＩＴ革命。何よそれ？

と高齢者向けパソコン講座に参加する。マウス、インターネット、アウトルックエクスプレス、ドット、コロン、スラッシュ……あぁ、いろはにほへとちりぬるをわかよたれそつねならむ、の方がどれだけ判りやすいか。

銀行の現金自動預け払い機（ATM）だって、新しいものほどせっかちで、すぐ大声をあげる。「紙幣をお取り下さい！　紙幣をお取り下さい！」判ってますよ。洗濯機も冷蔵庫も、操作を誤るとピーピー鳴る。はい。はい。みんな私が悪いのよ。そのうちに頭のいいロボットが来て、老いて動きの鈍い私を叱り付けて扱き使う日が来るかも。

いや、そこまで悲観的になると面白くない。頭を切り替えて頑張ろう。パソコンだってなんとか使いこなせそうになったではないか。何でも前向きにどんどん挑戦して楽しまなくては損だ。若者に負けてはいられない。今に見ててご覧なさい。私はスーパーお婆ちゃんになって、あなた方が心ならずも「すっげぇ」と叫んでしまう。そんな実力をみっちり備えますからね。

それにしても、近頃の人間いささか横暴が過ぎませんかね。山を崩し、海を埋立て、原子力、果ては遺伝子組み換えなんて、悪魔に魂を弄ばれているのではないか。幼い頃は動物園に行くのが大好きだったけれど、今は動物たちに申し訳なくて合せる顔もない。雨が降らない。この後にくるものは、豪雨か灼熱地獄か。

今日は立秋。そう思って眺めると、流れる雲もいつの間にか軽やかになり、朝夕の風が涼しい。大丈夫なのかも。何もお婆が心配することなど無かったのかもしれない。おとなしく端居して月など眺めていましょうか。

一人にはひとりの月の上りけり　泰子

テルテル坊主

「テルテル坊主テルテル坊主、あした天気にしておくれ……」

物心付く頃から六十有余年の今日まで、事ある度に私は幾度この歌を口ずさんできたことだろう。

昨日も、台風十五号と十六号のあわいをうまく縫って、鹿児島までの小旅行を楽しんできたばかりである。鏡のように凪いだ海、純白の輝く雲……まさに天気晴朗なりである。口之津――鬼池間のフェリーも、牛深――長島間のフェリー渡航も、台風直後とは思えない、申し分なしの快適な旅を授かった。

何はさておき、私は帰宅して旅行鞄を置くなり、軒に吊るされて大人しく夜空を眺めているテルテル坊主の許に急いだ。「只今。いつもながらお見事よ。有り難う」と彼に心を籠めて感謝の頬ずりをしながら、室内のカーテン・レールまで戻ってもらった。かれこれ十四～五年も付き合っている、白い布製の小さなテルテル坊主君である。もともとは娘の物で最初は紙で作っていたのだが、あんまりお利巧さんなので雨で破けたりしないように絹の布に作り変えたものである。日ごろは殊更大切にしているわけでもないのに、気がついてみると長い長い間、娘と私の旅をしっかり見守ってくれているのだ。

願いを叶えて貰える確率はこれまでに……ざっとみて八十五パーセント位だろうか？「いくらなんでも今回は無理でしたね」という時もある。そんな時はこちらが「無理を言ってごめんね」と謝る。彼はすまなさそうに、一と筆書きの細い目をさらに細めてうな垂れる。

全く、黙って聞いていれば、大人気ない馬鹿げた話をするもんだと笑う人には話さない。それでも蓼食う虫も好き好きで、こんな子供っぽい話に乗ってくれる友達も時にはいて、

「昨日はね、雨で折角の計画が駄目になったのよ。よほどあなたのテルテル坊主さんにお願いしてもらおうかと思ったんだけど……」

「あら、言ってくれればよかったのに……」

とは言うものの、彼は私と娘以外の人の願いをも叶える力を備えているのかしら、とちょっぴり不安になる。まあ、今のところ本気で頼む人もいないので、迷惑をかける事もないのが幸いである。

六年前のクリスマスの前夜にふらりと現れて、今日まで家族の一員として威張って暮らしているきじ猫もいるが、これがまたお喋りですごく賢い。思いのままに私と娘を動かして、いやそれどころか、息子たち一家も片っ端から利用して天下泰平である。猫嫌いであった筈の嫁が、シャンプー（猫の名前）に見つめられると「なぁに?」と猫なで声をだして、いそいそとしているから可笑しい。そんな時の嫁をいとおしいと思う私がいて、全く、シャンプーの思う壺である。

お喋りは勿論テレパシーだ。彼女は野良出身なので、驚くばかりの超能力を備えている。一例をあげると、私が旅行している間は自分も何処かに出て行って帰って来ないという。私が戻ると何食わぬ顔で帰ってきて、その夜は私の傍にぴったり寄り添って寝ている。帰って来てくれて嬉しいとも、好きだよとも一言も言わないくせに……私は既にお前の虜になって久しい。

形ある物は何時かは消える。テルテル坊主もそのうちにきっと、行方知れずになる時が来るであろう。シャンプーも私も、みんな寿命が尽きたらそれでお別れだね。その時はお互いにちょっぴり涙を流して忘れよう。

すうっと風が吹いて、今日もまた何かが消えて、何かが生まれる。

句文集　朴の花　畢

あとがき

何一つ痕跡を残さずに、ある日ふっと消えて無くなるのが理想でしたのに。いよいよ高齢になってその時が近まってまいりますと、ご恩になりっぱなしで未だになんのお返しもできていない方の多いことが、とても気になってまいりました。幽界にも現世にも、この感謝の思いを今更どうお伝えしたらいいのか判らないのです。

そのどうしようもない思いを、ある日拙い俳句に託して、

来し方の不義理の数や座禅草

と詠みましたところ、当時はまだ存命だった姉が笑って「ええ？　俳句ってそんなに便利なものなの？」と申しました。

そうです。父や兄を戦争で奪われ、引き揚げ、強制疎開、夫の早世等々、決して幸運な方ではない気がいたしますのに、なんとか無事に、

しかも花鳥風月を愛でながら今日まで結構楽しく平穏に生かされてまいりましたことが、不思議でならないのです。

今は長年温かくお付き合いいただいた大勢の皆様方に、俳句をご指導いただいた諸先生に、句友の皆さんに、改めてお礼を申し上げたい気持ちでいっぱいなのです。

それに加えて、私という人間がこの世に存在していたという足跡もちょっぴり残してみたくなっていました。ちょうどそんな折に「文學の森」からお誘いをいただきました。ふとした弾み、出来心です。臆病で無精な私がこんな事を仕出かしましたことに今、自分が一番戸惑っています。誠に拙いこの句文集を突然お届けする失礼を、どうかお許しくださいませ。ご高覧いただければ光栄でございます。

重ねて、「文學の森」の皆様には大変なご助力をいただきましたことを深く感謝申し上げます。有難うございました。

平成二十八年三月吉日

上野泰子

著者略歴

上野泰子（うえの・やすこ）

昭和９年　旧満洲大連市に生る
昭和49年頃より作句
平成元年　「曙」入会
平成２年　「馬醉木」入会
平成10年　「曙」新人賞受賞
平成12年　曙賞受賞、俳人協会会員
平成13年　「曙」終刊
　　その後「花鶏」「長崎馬醉木」「柊花会」等で学ぶ
平成15年　「対岸」（今瀬剛一主宰）入会

現住所　〒854－0067　長崎県諫早市久山台50－5
電　話　0957－26－8691

句文集 朴《ほお》の花《はな》

発　行　平成二十八年六月十七日
著　者　上野泰子
発行者　大山基利
発行所　株式会社　文學の森
〒一六九-〇〇七五
東京都新宿区高田馬場二-一-二　田島ビル八階
tel 03-5292-9188　fax 03-5292-9199
e-mail　mori@bungak.com
ホームページ　http://www.bungak.com
印刷・製本　竹田　登

ISBN978-4-86438-540-4　C0092